La señora de la caja de cartón

Ann McGovern

ilustraciones de Marni Backer

traducción de Ana Peluffo

Turtle Books
New York

For my friends at Goddard-Riverside Community Center,
especially Bernie Wohl —and—
For my friends at Sponsors for Educational Opportunity,
especially Michael Osheowitz — AM

For Kelly — MB

The publisher wishes to extend a special thank-you to Ralph Tachuk.

Turtle
B O O K S

La señora de la caja de cartón
The Lady in the Box
Text copyright © 1997 by Ann McGovern
Illustrations copyright © 1997 by Marni Backer

First Published in 1997 by Turtle Books

Turtle Books, 866 United Nations Plaza, Suite 525
New York, New York 10017

Cover and book design by Jessica Kirchoff Bowlby
Text of this book is set in Stempel Schneidler medium
Illustrations are rendered in oil

First Edition
Printed on 80# Cream Utopia Two Matte, acid-free paper
Smyth sewn, cambric reinforced binding
Printed and bound in the United States of America

10 9 8 7 6 5 4 3 2

Library of Congress Cataloging-in-Publication Data
McGovern, Ann, date.
La señora de la caja de cartón / Ann McGovern   p. cm
SUMMARY: Two young children set out to help a homeless woman.
[1. Homeless-fiction]
I.Title PZ7. M12769m 1997 [E] dc20 97-5811 CIP AC

Distributed by Publishers Group West

ISBN 1-890515-02-7

En la esquina de mi casa había una señora que
vivía en una caja de cartón.

Antes de que oscureciera, se sentaba en la caja que estaba delante de la Circle Deli.

Se sentaba allí y miraba a la gente pasar.

Cuando anochecía, se acurrucaba dentro de la caja. Creo que dormía allí toda la noche.

No sé por qué había escogido ese lugar. Tal vez porque se moría de frío y necesitaba sentir el aire caliente que salía por las rejillas del sótano de la Circle Deli para no congelarse.

Ni Lizzie, mi hermana, ni yo la vimos nunca por las mañanas. Seguramente, plegaba su caja durante el día y la ponía en un lugar seguro hasta la noche. Nosotros se la podríamos haber guardado en casa, pero se supone que ni Lizzie y ni yo debemos hablar con extraños. Ni siquiera nos atrevimos a ofrecérselo.

La señora parecía ser muy agradable y simpática. Por eso le sonreí. Ayer, me pareció que me devolvió la sonrisa. No estoy seguro. Tal vez fue sólo mi imaginación.

La señora de la caja de cartón parecía tener hambre.

Y entonces a Lizzie se le ocurrió que le lleváramos comida. Le recordé que no debíamos hablar con extraños. Ella dijo que no le hablaríamos, que lo que haríamos sería poner unas galletas y un poco de mantequilla de maní al lado de la caja.

La primera vez nos olvidamos de dejarle un cuchillo para que untara la mantequilla en las galletas. De alguna manera, la señora se las arregló para hacerlo, porque al día siguiente el frasco estaba vacío.

Pensé que era importante que comiera comida sana, así que le llevé dos zanahorias crudas, un manojo de apio y una manzana.

Lizzie dijo que la señora de la caja de cartón no tenía muchos dientes y que por eso debía comer comida blanda. Había en la alacena de nuestra cocina un par de latas de sopa. Una lata era de crema de apio y la otra de crema de verduras. Las dos sopas eran blandas y cremosas. Eran la comida perfecta para una persona sin dientes.

Lizzie quería llevarle la sopa de verduras. Yo prefería la de apio. Discutimos sobre el asunto y Lizzie ganó.

Calentamos la sopa de verduras y bajamos las escaleras corriendo para que no se enfriara. Más tarde, volvimos corriendo a casa para que mamá no se diera cuenta de nada. Mamá siempre piensa que estamos tramando algo.

Las vidrieras de las tiendas estaban decoradas con motivos navideños. Oscurecía temprano y por las noches hacía mucho frío.

La señora de la caja de cartón no tenía ropa suficientemente abrigada.

Fuimos a casa y revisamos nuestros roperos.

En uno de los estantes del ropero de Lizzie había una bufanda de lana larga con flores rojas y brillantes.

Lizzie dijo que esa bufanda no le gustaba porque la lana le picaba.

Tal vez a la señora de la caja no le gustara mucho tampoco, pero le protegería el cuello del viento frío que soplaba.

Decidimos dejársela al lado de la caja.

Más tarde vimos que tenía la bufanda envuelta alrededor del cuello.

Tal vez le gusten las flores rojas.

Nos llamó y nos dijo: —Me llamo Dorrie. Muchas gracias por todo.

—De nada —dijo mi hermana—. Me llamo Lizzie y éste es mi hermano Ben.

Me acordé de que mamá siempre nos decía que no debíamos hablar con extraños y empecé a preocuparme.

—En realidad —le dije a Lizzie—, ahora que sabemos su nombre, ha dejado de ser una persona extraña. Lizzie asintió con la cabeza.

Al día siguiente hizo un frío tremendo.

En un momento, vimos que el dueño de la Circle Deli salía de su tienda.

—Váyase de aquí —le gritó a Dorrie—. No quiero verla más sentada delante de mi tienda. La gente está empezando a quejarse.

Dorrie tuvo que irse de allí. Se llevó su caja y la armó delante de una tienda abandonada al final de la calle. De esa tienda no salía aire caliente que la protegiese del frío. Empezó a tiritar y sus labios adquirieron un tinte azulado.

Lizzie dijo que la temperatura era de diez grados Fahrenheit.

—Si no hacemos algo —dijo Lizzie—, se va a morir de frío.

—Podríamos llevarle algunas de nuestras mantas —dije yo.

—Eso es una tontería —dijo Lizzie—, porque mamá se daría cuenta de todo.

Subimos en silencio los dos pisos por las
escaleras y llegamos a nuestro apartamento.
Supuse que Lizzie estaría pensando lo mismo
que yo, si debíamos contárselo a mamá o no.

Cuando llegamos a casa fue mamá la que sacó el tema.

En realidad, no es nada fácil engañar a mi mamá.

Quería saber por qué faltaban dos latas de sopa y por qué había desaparecido la bufanda floreada de Lizzie.

Nos preguntó si estábamos tramando algo.

Entonces decidimos contárselo todo. Tal vez si conociera a la señora de la caja de cartón, se le ocurrirían otras maneras de ayudarla.

Así que le explicamos a mamá cómo habíamos conocido a la señora de la caja de cartón y cómo le habíamos puesto las galletas con mantequilla de maní al lado de la caja. También le contamos que se llamaba Dorrie, que la habían obligado a llevarse su caja de la Circle Deli, y que se estaba muriendo de frío.

Mamá ni se enojó ni nos gritó. Suspiró y nos dijo: —Bueno. Me gustaría conocer a la señora de la caja de cartón.

Bajamos las escaleras los tres juntos y doblamos al llegar a la esquina.

Mamá dio unos golpecitos en la caja.

—Por favor, señora, le ruego que salga —dijo mi mamá en un tono de voz muy serio—. Quiero conocerla.

Dorrie abrió las tapas de la caja y se sentó. Es increíble cómo mi mamá consigue siempre que la gente le cuente cosas.

Dorrie nos empezó a hablar. Nos contó que tuvo que irse de su apartamento porque se había quedado sin trabajo y no había podido pagar el alquiler. También nos dijo que se fue a vivir a un refugio para mujeres sin hogar, pero que alguien allí le había robado su bolso lleno de ropa mientras dormía. A partir de entonces, empezó a vivir en la calle, en una caja de cartón.

Mamá la miró con cara de preocupación. Se le notaba en la expresión que quería hacer algo por ella.

Rápidamente, mi mamá se encaminó a la Circle Deli.
Tuvimos que correr para alcanzarla.

Ni bien vio al dueño, empezó a hablarle en tono de reproche.
Le dijo que estábamos en vísperas de navidad y que hacía
mucho frío. Escuché también que usaba palabras como
compasión y caridad. Siguió hablándole de esta manera hasta
que el señor le contestó: —Bueno, bueno, señora, que se quede.

Fuimos a decirle a Dorrie que podía llevar su caja de vuelta
a la Circle Deli, que allí tendría menos frío.
En su cara se dibujó una gran sonrisa.

Volvimos a nuestro apartamento pero yo no podía dejar de pensar en Dorrie. ¿Podía ayudarla de alguna manera?

Cuando mamá vino a darme el beso de las buenas noches, le dije que quería ayudar a Dorrie de alguna otra manera pero que no sabía cómo.

Mamá me dijo que pensaría en una manera y que por ahora no me preocupara y me fuera a dormir.

Cuando llegó el sábado mamá nos preguntó si queríamos
trabajar como voluntarios en el comedor popular de nuestro barrio.

—Es un lugar donde las personas sin hogar pueden comer gratis
—nos explicó mamá.

El comedor popular estaba en el sótano de una iglesia.
Había una larga cola de gente esperando para entrar. Me dio
tristeza ver a tantas personas pobres sin dinero para comer.

Mi trabajo consistía en poner una rodaja de pan untado con mantequilla en cada plato de papel. A Lizzie le tocaba alcanzarles los platos a las personas que estaban en la cola. El trabajo de mamá era verter cucharones de sopa en los platos de la gente.

Tan ensimismado estaba en mi trabajo, que no oí que de repente alguien me llamaba.

Me di vuelta y vi a Dorrie, que estaba en la cola y me sonreía.

—Hola, Ben —me dijo en voz muy baja.

—Hola, Dorrie —dije yo, devolviéndole la sonrisa.

—¿Quién es tu amiga? —me preguntó uno de los voluntarios que estaba al lado mío.

Dijo "amiga" y hasta ahora nadie había usado esa palabra para referirse a Dorrie. Me gustó mucho cómo sonaba.

"Quizás algún día" pensé, "Dorrie ya no tenga que dormir en una caja. Tal vez, llegue a conseguir un trabajo y vuelva a tener un apartamento propio donde vivir. Si eso sucediera, podría tener una llave como la que yo tengo para entrar a nuestro apartamento."

Me metí las manos en los bolsillos y saqué el llavero de la suerte. Es un llavero con un trébol de cuatro hojas de plástico.

Saqué la llave de mi casa y le di el llavero a mi nueva amiga.

Quería que le trajera suerte.

Tal vez algún día lo pueda usar para poner en él la llave de su propia casa.

Algunos datos proporcionados por la autora

La señora de la caja de cartón *es un cuento inventado por mí. Sin embargo, está inspirado en la historia de una persona que vivía en una caja de cartón a la vuelta de mi apartamento en la ciudad de Nueva York. En los Estados Unidos hay miles de hombres, mujeres y niños sin hogar.*

En todas las ciudades de este país existen centros de asistencia para las personas sin hogar. En estos centros hay personal entrenado para ayudar a los desamparados y mejorar su calidad de vida. También se los aconseja y se los ayuda a buscar empleo.

Yo trabajo como voluntaria en el centro comunitario Goddard-Riverside en la ciudad de Nueva York. Tienen allí varios programas de ayuda para la gente sin hogar, y dos edificios llenos de habitaciones que sirven de vivienda para personas que antes no tenían casa.

Las iglesias y las sinagogas también tienen programas de ayuda para estas personas. En los comedores populares se les da de comer y en los centros de vestimenta se les ofrece ropa.

Si quieres averiguar los nombres de otros lugares y organizaciones que ofrecen ayuda a las personas sin hogar, puedes solicitar información en la biblioteca de tu comunidad.